LA MIRADA DEL NÓMADA

Robinson Rodríguez Herrera

¨ ***Grande o pequeño, todo ser humano es poeta si sabe ver el ideal más allá de sus actos*** ¨

Henrik Ibsen 1828-1906

¨ Nuevamente la lluvia,

fluyen las aguas

por este sendero de sombras

y de niebla.

El destino sucede. ¨

Ficha catalográfica "La Mirada del Nómada" - Robinson Rodríguez Herrera

Rodríguez, Robinson

La Mirada del Nómada

Robinson. – San José Costa Rica

2017

ISBN: 978-9930-9610-1-8

1. Poesía

I. Rodríguez, Robinson II. Título

REALIZADO EL REGISTRO DE LEY para los DERECHOS DE AUTOR. No. 9235.Tomo:22, Folio:226. Fecha: 30-06-2017.

Aproximación a la poesía

Aunque en el presente, la poesía se encuentra marginada en relación con otras artes, a pesar de todo consigue adeptos y permanece en el tiempo. ¿Quién no ha intentado una expresión poética en algún momento sublime de su vida? ¿O al menos ha experimentado una emoción intensa que solo podría resumirse en muy pocas palabras, aunque estas palabras a veces no lleguen en nuestro auxilio? A lo largo de la historia, muchos artistas y críticos han tratado de definir lo que es la poesía, abundan definiciones simples, elaboradas, románticas, ingenuas, despreciativas, apasionadas... Pero la poesía permanece, más allá de las modas, de las creencias, hablando a la humanidad pues logra una comunicación sublime que trasciende las barreras del tiempo, del lugar y del idioma.

Con una traducción adecuada, un buen poema lo es en cualquier tiempo o momento, porque la poesía convoca energías y elementos tan fuertes, tan esenciales, como la respiración y el despertar de los sentidos en esta apuesta o tránsito efímero que es la existencia.

Cabe entonces preguntarse ¿cómo lo logra? A partir de las mismas palabras que a diario utilizan millones de seres humanos un poeta reconstruye la realidad, la experiencia de la vida, y brinda una propuesta que la acerca más al alma. Allí reside la potestad de la poesía para emocionarnos. El arte poético nació de los cantos junto al fuego en los albores de la inteligencia, nació junto con el recurso cultural más importante del ser humano: la palabra. Dice la Biblia: ¨en un principio era el verbo¨, dice el Atharva Veda: ¡Oh tierra, danos la miel de las palabras! Para el poeta la poesía es el canto de la vida de las almas, las circunstancias y las cosas.

Derek Walcott, en su discurso de recepción del premio Nobel, definía a la poesía como "el sudor de la perfección, pero que debe parecer fresco como las gotas de lluvia sobre la frente de la estatua, pues combina lo natural y lo marmóreo".

La palabra poesía se origina de la palabra griega "creación", pero va más allá de ese concepto, a veces se alza en contra de la bondad y de la belleza. Como un corcel indómito se libera de la métrica, del ritmo, de la puntuación, de la tiranía del estilo. El poeta rompe y recompone el lenguaje en su forja incesante de una creación particular.

La poesía a veces es suave y amorosa, otras veces es agresiva. Plena de energía vital ella reta y estalla como testigo de la desolación, del hambre, de la intolerancia, de la guerra, de la violencia. La poesía se transforma en algo más que un testimonio que nos transporta a los hogares, a un país indiferente o devastado, hacia el temor de los maestros, los llantos de las madres, los campos en cenizas, los cuerpos inertes apilados a las orillas del paisaje. Nos habla del terror que habita en los sueños de los niños, de las cicatrices de cada tragedia natural o humana. En un poema se guarda un crisol de esperanza, de redención, de advertencia, pues una vez que se desata la violencia, la injustica, la intolerancia, entonces la humanidad no conoce límites. Por eso se espera algo distinto de la poesía y de los poetas, porque cada día que olvidamos el propósito del arte estamos profanando la memoria de todos esos creadores que lucharon por un mañana distinto, armados solamente con palabras. La literatura ayuda a evitar el olvido.

Perseverar como poetas, como lectores de poesía a pesar de los tiempos y de la mercadotecnia de la literatura, nunca será fácil. La vocación es más que oficio y por eso resulta a veces decepcionante, pues entre más se lee, se estudia, se aprende, más débiles e imperfectos nos parecen nuestros trabajos anteriores. A veces revuelvo papeles viejos, y me encuentro con mis primeros asomos a la literatura, y me conmueve el recordar que hubo un tiempo en que pensé que eran aceptables, lo suficientemente artísticos como para atreverse a compartirlos. ¡Qué ironía! Lo que me hubiese gustado verlos publicados en ese entonces, cuando ahora me avergonzaría si esos asomos llegaran a la luz pública.

Sin embargo, también entiendo que esto es parte de un proceso evolutivo que nos conduce de forma natural, hacia una manifestación artística mejor. Solamente el tiempo y los altibajos hacen mejores escritores, también mejores lectores, pues el sentimiento y el potencial tal vez se traen desde el nacimiento, pero hay que abonar la planta. Y a veces, aunque resulte doloroso para bien de la cosecha tendremos que podar algunos brotes.

Así de cruel es esta vocación, es un destino, un llamado, no un simple oficio. Más de uno, conmocionado, se consume en la desesperanza: primero cuando no les prestan atención a sus intentos, y luego, cuando se transforma en acérrimo crítico de lo que se atrevió a publicar.

Mi mesa

Sustancia mineral

sombra furtiva,

caminantes fuimos

durante esas jornadas

cuando la lluvia helaba

los pies del fugitivo,

y la ausencia, en medio del exilio

justo a la hora de la cena

atacaba

invadiendo el vientre

de privación y de nostalgia.

Yo alabo mi mesa.

Ayuna de plata y porcelanas

mi mesa es tierra prometida,

los cristales llevan trazas

de horizontes y caminos,

el agua envinada marca la senda

de los grandes ríos,
el aroma del asado
rompe con la mar de especias
para despertar del sueño.
Las patatas doradas
llevan rimas
de las tierras de Vallejo,
la cebolla llora coplas de Neruda,
y un vino tinto viejo
cae sobre la copa
mientras invento y juego
un ajedrez con Borges.
Del caldero baja el potaje,
llena el paladar con sones de Guillén
y de repente,
me encuentro recitando
coplas de Martí,
las que me sé de memoria.
Los dátiles ultramarinos
caen del frasco sobre el plato,
perfuman los versos de la Rubaiyyath,

luego saltan hacia Khalil Gibrán
cuando el horizonte duerme.
Es mi mesa
peregrina y sencilla,
hermanos poetas, lectores gentiles
vengan a compartir mi mesa
libemos esta noche el canto de los astros
junto al fuego.

Tiempo

El barco inexorable
de las velas grises
se acerca al puerto de las desolaciones.
La brisa salobre
invade la piel,
la mirada habita el tiempo,
salta en caída libre,
recuerda las montañas,
el origen.
Peregrino caminé entre diversos mundos,
a tierras distantes
me han llevado las palabras,
caminante oscuro
me declaro,
nómada
que a veces atrapa los golpes
desesperado entre las cuerdas,

como un peleador de luchas callejeras

sangrante y dolorido,

que saca fuerzas

por seguir en pie

en aras de su orgullo.

Un barco viene…

amigos y enemigos

a todos doy gracias

por la sabiduría de las victorias y las derrotas.

De la montaña al mar

la vida se antoja breve,

el sol se oculta,

un barco viene.

Fuego efímero

Mi única certeza
es que llegará un día
en que dejaré de existir.
Todo lo que amé y atesoré
vagará disperso
en el cauce del tiempo.
Mis posesiones
irán de mano en mano,
de rincón en rincón
saltando como piedras
al final de los abismos.
Las gentes y las estaciones
seguirán su marcha,
las páginas de los libros
la luz y la oscuridad
se alternarán
en el brindis de la vida,
y su luz efímera.

El valor de la poesía

Para existir solo se ocupan
las palabras indispensables,
no las del poeta
no las mías,
no las del escribidor
condenadas al exilio,
las que convocan las sombras
las nubes, los goces,
en lenguajes de océanos
y de dagas.
Las que conjuran la eternidad
en los libros proscritos.

La poesía

La poesía habita
cada objeto y momento
en la trama de la vida.
Más allá de la mirada
espera almas gentiles
que le abran puertas,
acepten su ímpetu,
la compartan.
El murmullo primigenio de la creación
el nacimiento,
la muerte,
el despertar de los sentidos,
el odio, el amor,
las caricias, los besos,
las cadenas del tiempo,
la furia de los elementos
los océanos, los abismos,
todo lo llena
la poesía.

Elegía del camino

¿Quién buscará la compañía del poeta?
¿Quién transitará a su lado
por el camino de la vida?
¿Quién aceptará que su única heredad son las palabras,
se sentará junto a él
a las orillas
del río de la eternidad
sin esperar mayor riqueza
que los versos
y los libros?
¿Quién dejará el ropaje de las apariencias,
se regocijará en la cena humilde,
despertará en la mirada
el fuego de los antiguos bardos
sobre una casa construida
con papeles y con sueños?

Último manuscrito

Arena fui,

ceniza seré,

ciudad en ruinas,

silente,

deshabitada,

sumida en el olvido,

desgastada por las mareas

por las lluvias,

saqueada de sus alegrías,

asediada por hordas fantasmas.

Cuidad de paisajes en sepia

de sombras o espectros en los puentes,

ventanales opacos,

murallas abatidas.

¿En qué momento

se escapó la vida?

¿dónde el destino

nos tendió la trampa?

Legado

De mi paso en la vida
dejo un halo de palabras.
Brotan y caen al lado del camino,
escucho su galope de corceles desbocados
rompiendo el velo del silencio.

Transmutación del camino

Cansado de rodar por la ciudad contra el poniente
contemplo su esqueleto de callejuelas angostas
barriadas tristes,
ahogadas en voces,
paredes tatuadas,
huellas del karma,
golpes de luz
sobre las letras polvorientas.
Silente frente al océano
he de cerrar los ojos
e imaginar el tránsito
hacia un mundo posible,
donde el tiempo rueda y suena
como un vaso de metal
que cae por la escalera.
Hay pasos que nos llevan al borde de los acantilados,
tramos de camino que atraviesan las entrañas,

senderos que son trampas,

cuestas empinadas

donde la respiración se torna en lágrimas,

lágrimas que caen sobre las aguas

dibujando destinos concéntricos…

Una ruta habrá

un destino,

atado al enjambre de alas migratorias

que tejen sueños

en los bordes de los cielos.

Anarquía

Resignado a la vorágine
espero
el arribo del destiempo.
Frente a la ventana
lo conjuro,
con palabras
que brotan de la tinta
con alma propia,
palabras que nacen
se dispersan,
cabalgan en el aire
forman mundos efímeros,
siguen las rutas
de los antiguos cantores,
duermen en el siseo de las hogueras,
retan las tempestades
las corrientes,

pero al final se funden

en el lenguaje de las arenas.

Injurias y calumnias

Cierto es que el polvo
prefiere los pies de quien camina,
también el lodo abraza
el periplo del nómada.
Al final hasta las perlas brotan diáfanas
aún desde las aguas turbias.
Si es noble el propósito,
si la razón es justa,
más allá del espejismo de la intriga
el honor y la verdad
se elevarán sobre las ciénagas.

Augurio

Efímera e incierta
es la eternidad,
lo dice quien ha visto
derrumbarse las casas y los tronos.
Silencioso testigo del fragor
del mortero y de las piedras,
del lamento de los cristales,
del caos derramado
desde las ollas rotas.
Destruidas las hornillas, los metates,
desperdigadas y furiosas
las hormigas
van corriendo entre los escombros.
Así las hojas
de los olmos antiguos
caen como lanzas
sobre el torso de los durmientes,

arrojadas desde las carátulas
de los relojes,
entonces …
lentamente el paisaje
se va extinguiendo,
y también las almas.

Calendarios

Otra vez amanece
en la tierra de las tormentas,
los testigos grises
cerramos el párpado
cortando el hilo de la noche
un poco más cada vez,
sepultados en el tiempo.
Nómadas
volvemos la marcha,
¿hacia dónde?
Construimos una ciudad
con nuestros sueños,
particular confluencia
más allá del dolor,
a golpe de timón
y del letargo
que nos reta.

Los calendarios son papeles

que se miran

errantes,

en el ocaso

de los ímpetus.

Norte

Escribidor,

de esa estirpe tal vez soy,

signos y palabras busco

en la ciudad indiferente,

en las páginas de las nubes.

Camino entonces

mitigando el olvido,

dudando,

sobre si será próspero el canto

que derrama la tinta,

que se abandona al destino:

violento,

plomizo,

injusto,

intolerante.

Origen y laberinto

Manantiales hay entre las páginas
donde el tiempo y sus agujas
moldean seres prodigiosos:
hordas malditas
que vagan trasmutadas
por el vértigo o los genes,
dones de los meteoros.
En el crepúsculo de la biblioteca
las voces suelen escaparse
de los libros y los cuadernos,
quien lo acepta es quien
acepta su camino,
quien tropieza
cae y se levanta,
hasta consumir las fuerzas
sin renegar de sus misiones,
quien entiende las consignas de los tiempos
como vasijas de alabastro,
que van derramando

el ímpetu

hacia el crisol de los pueblos,

los que malgastan la vida

heredándose odios,

tabúes,

murallas,

tinieblas.

Nezahualcóyotl

Lejano quedó el canto
de la ocarina,
efímera la música
de los caracoles,
o el silencio entre el retumbo de los tambores
que llenaban los aires.
Del lago y de las calzadas
parte un exilio de águilas,
mariposas y cuervos.
Extintos fueron los escribanos,
sus códices dispersos.
Fue entonces,
que el alma mística del corazón del mundo
se marchó en los rostros cenizos
de la horda.
Quedaron perdidas las obsidianas,
las cuentas,

las banderas de jade.

Hoy apenas persisten

la memoria y la palabra,

susurradas en los bordes

del alma de los vientos.

Bukowski

Hubo un poeta,
unos ojos felinos,
un mundo en las cornisas,
páginas y tintas
abandonadas al aire,
donde el enjambre de mendigos
ronca como una horda
de lobos en la nieve,
e igual se desvanecen,
ahí donde la vida encaja el diente,
en la región austral
del espinazo.

Pablo Antonio Cuadra

Cuando en su corazón cesó todo murmullo,
los navegantes del gran lago
encendieron linternas.
A pesar del sol
algo sobrenatural
transmutó el color de las corrientes,
un delfín blanco nadaba entre las barcas.
Las islas silenciosas
se llenaron de bruma,
se detuvo el mundo,
se detuvieron las prensas,
el cantor de estos pueblos había partido…
la tierra y el lago lo lloraron
en el crepúsculo entre las nubes,
en el párpado de las aguas.

Postal en sepia para Jorge Debravo

Vino como poeta al mundo
desde un capullo de palabras,
transpiraba versos,
los esculpía
en las hojas,
en las cortezas crepusculares,
entendedor del destino
de todo lo habitado
en las regiones de las letras,
cuyo cauce
es también tormenta
de aguas maravillosas.
Bardo del semblante meditabundo,
forjador de sí mismo,
convocador
del canto humano
de lo humano.

Oda a un poeta del sur

Allá en el "Sur del Mundo"

el puerto austral de Rawson

devora el mar

rompe las olas,

habitado

por una nación de poetas.

Soy un peregrino, les dije

busco un mago

de la estirpe de Orfeo,

Sergio Pravaz le dicen.

¿Quién le ha visto?

camina bajo la lluvia

con un parasol de letras,

y los dedos entintados,

de tanto anudar gaviotas contra sueños.

¿Quién le ha visto?

las parcas le dieron el mismo hilo

de los inconformes,

las Musas

le enviaron gallos rojos, y guitarras.

Elegía de Santo Domingo

Ellos bailan bachata
sobre la luz turquesa
de las aguas.
No soy versado en ritmos,
pero la cadencia de sus pasos
inspira al corazón
y asciende al aire.
Aquí llegué
por el camino antiguo,
peregrino de una catedral de roca
con tres altares de aguas subterráneas.
Ayer me senté a la orilla
del cauce del río Osama,
la luna era una perla
dormida entre sus aguas,
el viento cargado de mar paseaba
por el malecón antiguo,

meciendo las historias y los cantos

de este pueblo,

de corazón infinito.

Orfebrería poética

Mirar la vida
sin rechazar sus matices,
maravillarse,
mantener el espíritu ígneo,
sin temor a la aventura,
al exilio.
Imaginar la causa
metafísica de las cosas,
romper a diario las cuerdas,
las culpas,
los mitos.
Atreverse,
cuestionar,
cuestionarse,
fundirse con las calles
las miradas,
los pasos,

los sonidos,

las palabras.

Palabras

Talladas en el rastro
elemental de los silencios,
surgen para golpearnos
con su lógica
absurda y aplastante,
como una broma
a nuestra eterna prisa.
Convocan dudas,
revuelven
arcanas paradojas,
abren las páginas,
provocan incendios,
desnudan y desangran,
más allá
de la razón o de la risa,
nos sacan de las quietas
moradas que habitamos

precipitadas al cenit

de la existencia.

Atardecer en el bosque nuboso

Aquella vez soñé un tiempo distinto,
donde las horas,
las brújulas,
las almas,
callaron
en busca de un alfabeto
de luciérnagas y poemas.
En el bosque hay que cosechar el olor de la lluvia,
sonidos ajenos,
cánticos que brotan del brindis de la vida,
almas que se abren
desde claustros o capullos,
que se desprenden de las pieles dolorosas
para abrazar cortezas,
aires,
sombras místicas,
aguas milenarias.

El lenguaje de las manos

La noche en el bosque
es habitada por silencios distintos,
los murmullos de las aguas,
alas efímeras,
pasos de seres invisibles,
la respiración de los árboles.
El crepúsculo fue tiempo propicio
para agradecer la vida,
abandonar las murallas,
liberar los sentidos.
Entonces,
las manos
dibujaron trazos contra el aire,
hacia el alma de las hojas y raíces.
Caminantes nocturnos fuimos,
en el seno del origen de los bosques,
cuando el curso del destino

pasó entre los dedos,

penetró en las respiraciones,

fluyó en los aires,

en las venas.

Manifiesto del navegante

Creo en las olas y los aires
que circundan las bahías,
en el trazo efímero
de los hombres y los barcos,
en los ecos concéntricos
de la lluvia…
Doy testimonio
de la danza astral de las anémonas,
en el abismo que las lágrimas
de danzantes y de dioses
forjaron en el cauce de los tiempos.
Creo en el mar: ombligo de la vida,
en el horizonte más allá del camino,
donde de vez en cuando,
cae y se disuelve la mirada.
Confío en el sol que desciende al firmamento,
que se levanta entre las aguas,

abriendo el cielo a los cometas.

Alguna vez,

en estas tempestades

reposarán mis huesos,

dispersos entre las confluencias,

entre cardúmenes rojos

y cánticos crepusculares.

El sueño de las islas

Hojas, ramas, cortezas, aromas
viajan a la deriva entre las aguas,
el viento de la tormenta se fue con el amanecer,
la red de las corrientes vuelve a la calma,
la madera vieja del bote,
la piel curtida del navegante,
los sonidos de peces abismales.
En este aire solo pesa el silencio
ahora que la luz del sol
nos hunde
en su letargo.

Tiempo efímero

El día es un trazo particularmente tenue
que pierde la ruta
en el compás de los relojes.
Entonces,
a veces,
puedo cerrar los ojos
extender las manos
buscando el hilo
en el crisol de los telares.
Luego doy vueltas y vueltas
bajo la calma interrumpida
de las voces ajenas y los pasos.
Entonces, desde las grietas de las paredes
brota el susurro de la madera,
llenado la noche
de pequeños ruidos,
sombras y pasos imaginarios.

Acuarela

Sucede entonces,

que la luz

se transforma en niebla,

cae de los faroles

mientras los cristales

transpiran la lluvia,

conjurando las figuras

olorosas a lima,

menta, ron, tabaco,

u otras pócimas,

que roban el espíritu.

Y es así,

que, rotas las cerraduras del recato,

las formas

cobran vida

en el borde del ocaso.

Ocasos y ángeles

Extinguir un ángel
es un acto cobarde,
una suerte de suicidio.
Ángeles son los bosques,
las aguas,
y todas las criaturas que ellos acogen en sus alas.
Cuando extinguen un ángel
algo también rasgan
en nosotros mismos.
Todos los días son propicios
para que abracemos la vida,
la llama que palpita
en la tierra y en las aguas.
Más que sentir
hay que despertar del letargo,
aliarse contra el silencio,
no caer en la agonía,
volver los ojos,
señalar hacia quien finge

o se complace con su humanidad oculta.

Hay que ser parte de las arterias

de este mundo,

pues la sangre es una suerte al aire,

un encantamiento…

igual, también

nos mata,

nos transforma,

en ruinosos o sublimes.

Barrio Redentor y Plaza Oriente

En días de lluvia suspiro por un poema,
testigo entre las grietas,
los cristales,
los balcones,
de la profecía del agua
o de la ausencia.
En el mercado la noche acecha,
los olores flotan,
aferrados al polvo,
al viento:
adalid del aguacero.
Agobiado por el estruendo de miles de pies,
el asfalto exhala
un aliento cálido,
dos pregoneros
cruzan voces en medio del ocaso.
Ahora las calles y la plaza están desiertas

¿Dónde voy a conseguir un poema?

¿Dónde,

en un día lluvioso?

Postal de invierno

Todos los viernes ocurren estampidas,
transcurren,
dibujan
un paisaje entre las torres,
un torbellino entre las puertas,
lleno de cabelleras,
bajo el rebaño de los metales,
entre las esquinas
tomadas
por tragadores de espadas,
por lanzafuegos,
siempre al acecho
de aplausos o silencios,
que van, que vienen,
impregnados
de indiferencia.

Entresueño

Alguien llora,
lo sé porque las lágrimas
han congelado la noche,
y la melancolía
se cuela entre las grietas
de mis ojos.
O tal vez sueño el llanto
almacenado en los espacios,
como pálpitos
o augurios,
que sin nacer mueren.
Solo sé que alguien llora,
o ha llorado,
y esa pena,
se transformó en eco
y corre,
de una estancia a otra,
golpeando las paredes
del insomnio.

Antaño,
las arpías
blandían cuchillos
en los ojos,
cumbias y tangos
en los pechos,
relicarios
con el olor a roble
de los baúles,
donde guardaron el amor marchito
que se les iba cayendo,
en un vacío
de meses lluviosos.
Tal vez es mi propio llanto
eso que escucho,
o lo confundo,
con los salmos
que rezan los amantes
-bestias furtivas -
Alguien llora
y el azogue

caótico,

se desploma,

en el letargo

de un sueño.

Estancia en la niebla

En las grietas del azar
se tranzan los destinos,
las órbitas de las almas,
los cauces,
los tiempos y las guerras.
"Lluvia oscura":
esclava del capricho,
asaltada por las hordas
de desesperados
que asedian en los caminos.
Canción del ocaso,
sin métrica ni pausa.
Lluvia oscura,
que desciende hasta lo escrito,
mancha la tinta,
corroe las hojas.

Periplo y retorno

El ruido de la lluvia,
el fervor de los pasos,
el azogue en el aire de la noche:
nada era como es hoy.
Ayer el río arrastraba un enjambre de rostros,
los vi cuando cruzaba
la ciudad de las agujas.
Llegué hasta ella como las hordas
al asalto,
desde un país de mitos e historias.
¿Dónde están ahora aquellas energías?
¿Qué fue de los que han partido?
¿qué hay de su rastro?
Las palabras en el poema
toman forma en el silencio,
se vuelven letales,
luchan contra las puertas,
dando vueltas en las páginas,
buscando un ojo o una garganta

para saltar sobre los sentidos,

como un don maldito,

arcano,

inconmensurable.

Alba en el laberinto

El alba:

una mujer

preñada de angustia

tendida en los brazos de la noche.

Sueña con misericordias

mientras los niños juegan

entre el trajín de las calles,

inventan juegos

con portentos imaginarios,

se asoman a las plazas,

caminan por las explanadas,

cabalgan en las alas de las ilusiones,

en medio de la furia de las gárgolas,

esas que invaden las calles

alimentándose

de los aromas.

Babel

Apocalípticos profetas,

predicadores,

faquires

e iluminados,

brotan de los cardos,

salen al paso

prometiendo

salvación o condena,

despreciándose

entre ellos,

blandiendo palabras

contra seres forjados

con las mismas aguas y tejidos,

anunciando portentos,

caídas o condenas,

en el caos

de la fe.

Ciudad lejana

Me estremece en octubre
el rostro de una madre triste,
que contempla
a su hijo enfermo,
muriendo
inexorablemente.
Yo en cambio
a veces me acuesto
abatido,
por todo lo que fluye
desde la ciudad ajena
hacia las venas del olvido.
¿De dónde vienes,
mujer doliente?
¿Se dormirá, por fin
tu niño?
Ambos

somos un solo trazo

naciendo en la palabra,

traspasados por el acero,

por el acertijo lúgubre

que cierras las puertas

del amanecer.

Ciudad extraña

El dolor
es una ciudad extraña
que atravesamos todos.
Así,
hombres o quimeras
vagan bajo su égida,
trazando senderos encriptados,
rompiendo las murallas
de la inocencia,
calcinando el deseo.
En esa ciudad nos convertimos
en tablillas de barro,
infestadas de ideogramas,
en manos que rebozan
tatuajes danzantes,
fugitivos del sueño
caídos de la vida,

procurando escapar

del laberinto.

Ciudad en el espejo

La lluvia de este anochecer
despierta el alma de los cristales,
las primeras luces saltan,
multitudes marchan
arrastrando
la herencia de las nubes.
Resignación,
furia en las manos,
melodramas,
prédicas en cada esquina,
así navegan las ánimas a oscuras
también sobre el mediodía,
entre las manchas o las grietas,
por los bordes
de la existencia.

Ciudad de palabras

En el abismo que es el sueño
la mirada brota
sobre una ciudad llena de espadas.
Ahí la multitud transita
cabalgando relojes,
con el alma en el ocaso,
las manos marchitas,
las miradas absortas.
Almas sombrías que apaciguan sus penas
consultando el oráculo de los relámpagos,
en tanto, ajenos,
cardúmenes de palabras
se elevan y escapan,
cual ladridos.
Son jaurías fantasmas,
ríos desangrados,
que se estrellan y fragmentan,
fluyendo hacia el destino.

Música urbana

Parece llegar de todas partes,
choca en las paredes,
baila en el viento,
inundando las calles
con ritmos pegajosos,
con la perorata
de los andantes trasnochados.
En tanto,
un horizonte plomizo
se derrama
penitente,
sobre el paisaje.

Ciudad bajo asedio

Al final la noche aleja
la jauría de metales,
fuegos dispersos quedan,
también sombras furtivas.
La fatiga acaba aplacando
las iras de los cuervos,
el viento eleva las plegarias
sobre un aire salobre,
los senderos ocultos
se llenan
de caminantes.

Horda nocturna

Más allá
de las fronteras
de este país
sin rostro o nombre,
el imperio de la noche
cae sobre los caminos.
Despiertan los espectros,
las sombras aprenden
el dialecto de las serpientes,
saltan las jaurías,
construyen enjambres de furia,
en busca de un destino.

Paradoja

La ira formal
la intemperancia,
los caminos de las rosas
y los vientos,
el sueño,
la risa
de los tiempos,
todo se conjuga
en las plazas y en las calles.
Ajenos a la maldad
miradas y sonidos
ascienden,
en busca de la euforia
que habita
en las gargantas.
En tanto,
los meteoros caen

entre las formas danzantes

del ritual sempiterno.

Cámaras desiertas

Y en un momento ocurre,

que la vida se nos esfuma

entre abismos

entre sueños.

Absortos nos desplomamos

en un mundo

de cámaras desiertas,

sin salidas o lámparas,

ahogados

en las culpas,

aplastados por las nostalgias.

Paisaje nocturno

Un recuerdo salta,
cae en la pesadilla,
reniega del exilio,
traiciona el sueño.
Es pan de los insomnes,
espejo de las inquietudes,
pasadizo a los laberintos,
al fuego de las venas,
devela la esperanza
como una linterna frágil,
faro portentoso
para las voluntades,
crisol de ilusiones,
tiempo en acto,
que arrastra la vida
a pesar de sí misma,
lejos del despojo

de las jaurías.

Estampa urbana

Una música dulzona

blanda,

anodina,

se estrella contra el rumor que asfixia

las plazas,

las calzadas,

o se diluye

en las fragancias

artificiosas

de las caravanas.

Un cónclave de almas

toma turno

para lucir sus galas.

Ajenos, los ajedrecistas

examinan

los signos de la fortuna,

sonríen afables,

ocultando la incertidumbre

que les oprime el pecho,

profetizando relámpagos

en tanto,

aletargadas,

se marchitan las horas

en las estancias.

Luz efímera

A la deriva cae
la mirada entre las calles,
los ojos del cuervo
ascienden,
sobre un velo van las huellas,
el equilibrio viaja
retando el filo
de las dagas.
¿De qué destino pendería
la vigilia?
¿Cuál fue su tiempo
su propósito?
Tantas luces
se encienden,
se extinguen,
cada día.

Génesis de la ira

Entonces,

la vida se transforma

en un laberinto,

en morada de las furias.

Golpes,

gritos,

reproches,

muerden los bordes de las puertas,

mientras los niños fingen

estar dormidos.

Manos cansadas

Sobre el viacrucis
de sus manos cansadas
se funda el mundo de la casa,
la mirada que se abre
y se habita
de ternura,
de tristeza.
Uno de los niños duerme
el sueño agitado
de la fiebre,
pero ella,
prodiga en caricias,
en palabras,
lucha por apartarlo
del abrazo infinito
de la muerte.

Transmutación o automatismo

El deseo surgió
imperceptible en su origen,
ingobernable en sus destinos.
Sacudió primero las miradas
luego los otros sentidos,
embriagando la cordura,
aunque nunca prometió
más allá de lo efímero,
la eternidad cerró su frontera,
cien voces lo llenaron de grietas.
Luego del ayer
solo nos queda el horizonte,
las cenizas,
que pintan los caminos
dejándose caer entre los pasos.

Periplo

La vida andada
los caminos,
me enseñaron a desconfiar de los discursos,
a mirar distinto las huellas,
las tempestades,
las noches.
Esas tribulaciones
me permitieron catar la soledad,
los matices del silencio.
Me tornaron frugal,
a veces más gris que de costumbre.
Despertar es también aceptar la vida como viene,
sacar las fuerzas para echársela a cuestas,
adivinar poesía en las nubes
en el óxido,
concluir luchando en medio de la lluvia,
caminar con y en contra del destino
hasta que las fuerzas falten.

Crisálida

Para cambiar de piel
no es suficiente el acto
o el fuego de un impulso,
algo también debe cambiar muy dentro,
algo se rompe,
otras alas nacen.
¿Cuál es la montaña que guía tu peregrinaje?
¿Dónde están el abismo, el río,
el rito místico?
Cuesta aceptar la existencia
ceder el timón al aire
para que llene los espacios
sin reparar cuantos anclajes
habrá que cortar.
Cambiar de piel no es tan sencillo
como cambiar el alma.

Teorema de las elipses

Lapsos hay en el camino
donde el aire inventa
remolinos de polvo,
deja caer elipses discontinuas
que se antojan espejos.
A quienes las atrapan
les muestran el pasado,
como una jauría desbocada
que gira y da vueltas,
mordiéndose la cola,
ajena a pasos y a tropiezos,
indiferente a las lamentaciones
rasgadas sobre el ocre,
sobre las venas ígneas de la tierra,
naufragando en las cerraduras,
en las bisagras oxidadas
por las que se queja y cuela el tiempo.

Teorema celeste

Cada elemento
traza su propósito
en el cauce del infinito.
Cada partícula,
cada vacío,
transcurren por el río del destino,
igual dan vida a una estrella,
igual provocan
las palpitaciones y el aliento.
Todo se enlaza,
todo engendra caos,
hay que permitirse sentirlo
en la piel y más adentro,
llenarse de esa contraluz
permitir,
que la respiración fluya
desde y hacia las corrientes

como nubes,

aceptando,

forjando,

el sendero de la vida.

Círculo de las corrientes

¿Cuánto vino
puede ahogar la memoria?
cuento con que haya suficiente,
es bálsamo,
pero nunca,
repara los ayeres.
Mañana será cuando vuelva
a transitar
el sendero innumerable,
ya vendrán otras canciones
ritmos más suaves,
sus notas sonarán
dormidas en el viento,
navegarán hacia los ojos,
abrazarán
los cantos,
quizás entonces,

podamos ser libres

de nosotros mismos.

Luna

La luna:

el ojo de un felino

entre las nubes,

al acecho.

También una sonrisa,

una garra rauda,

cristal o relámpago

que corta el aliento.

Luego cambia,

desciende al horizonte,

dormita

con la forma

de un vientre fecundo.

Rosa negra

La noche
transforma el concreto
en una rosa negra.
Y sucede,
que es como un fantasma
que persigue a la legión
de insomnes
con toda suerte de ruidos,
o premoniciones.
Así vagan las almas
sobre el viento o la tinta.
La noche transforma al mundo
en una rosa negra.

Causa y efecto

Estoy en paz con mis tropiezos
porque a veces ascienden
de las entrañas del camino,
descienden como la ceniza
desde el confín de los cielos,
o yo mismo los conjuro
sin caer en la cuenta.

Pausa al alba

Y sucede,
que el tiempo se fractura
en un rincón del camino,
arrojando hilos
hacia el cosmos,
flotando sobre el éter
como un acto alusivo
a la magia o al capricho
de mundos paralelos.
Es entonces,
que a la orilla del infinito
lanzo una cuerda
hacia las sombras,
las que danzan
entre siluetas cual serpientes
con plumas de quetzales.
La cuerda al otro extremo,

ata las raíces

de los bosques antiguos.

Así,

cada jornada

es que todo sucede.

Letargo

Hiedras grises
y cenizas,
se expanden solitariamente,
tal vez,
en las conciencias,
en tanto
mármoles y funcionarios
se complacen
en supervisar
las vidas.
Y a esas horas,
cuando los ríos son un mar
de furias y bocinas,
cuando las moscas,
cuando las abejas reinas,
copulan
en el éter,

los motociclistas

se atreven,

los trajes dicen

aún más

de lo que enseñan…

van y vienen las almas

que alborotan y corren,

a los pies

de esta ventana.

Evanescencia

Humo,

ceniza,

grietas,

la noche cae en pedazos.

Rota la alianza con la luz,

entre las manos

los fragmentos de la vida

poco a poco se apagan,

sus restos

se nos escapan

hacia el río del destino.

Encrucijada

Tengo tanto camino andado

que ya me pesan,

la vida,

los propósitos.

Sin embargo,

insisto en la aventura

a través de las estaciones,

resbalando en caída libre

entre senderos,

esquivando los golpes

de la tierra,

esquivando las dagas,

viviendo al borde del día,

porque conservo la esperanza

de que exista un plan,

un sentido,

una partícula elemental

contraria al caos,

que habite en las vasijas,

en el nácar opaco

de los naufragios:

lejanos,

umbríos,

vórtices de la ausencia.

Minotauro

Roja la respiración,

roja la arena,

rojos los círculos concéntricos

que brotan del fondo de las venas.

Armaron una fiesta a su alrededor

pero el animal no lo comprende,

amaga, bufa, arremete.

Cegado por la furia

marca su espacio.

Una legión de máscaras

contemplan su agonía.

A los celebrantes no les basta

con saltar sobre sus lomos

para mostrar el arrojo,

sino que empuñan y lanzan hierros

para romperle el cuero,

el alma, los tendones.

Las multitudes celebran,
los círculos
se desvanecen.
La sangre del ritual unge las siluetas,
las mismas que vagan dispersas
en sus propios laberintos,
clavándose uno al otro
estacas en los lomos.
Escrito en la frente llevan
el glifo del minotauro,
el clamor de la estampida,
la devastación
de las espadas.

Enigma

Descanso a la orilla del camino
meditando sobre el tiempo,
sujeto de la forma
del agua y de la arena,
respecto de la luz,
los ojos de la noche.
En este río que es la existencia
me encuentro caminando bajo la lluvia
sin mayor queja,
legando al aire los fantasmas
de las sombras y los pasos,
no como algunos que miran la vida
desde un eterno retorno,
ni como otros que la imaginan
desde un vaso
derramado
hacia el destino,

en este cauce

incierto, irónico

efímero.

Geoglifo del ayer

Entiendo el pasado
como un país sin retorno,
del que partimos
cada golpe del reloj
atesorando
girones de nostalgia.
Entiendo que el rastro de cada ayer
construye nuevos laberintos,
desde los cuales
las incertidumbres nos asaltan,
avasallándonos,
empujándonos contra la vida,
contra paredes o ventanas.
Acabamos dando tumbos,
haciendo giros
con los sueños vacíos.

Cántico de los ocasos

Lo que existe entre dos ocasos
es un trazo particularmente tenue
que pierde la línea
entre el paseo de los relojes.
Entonces,
solamente a veces,
puedo cerrar los ojos,
extender las manos
buscando el hilo
en medio de los telares,
luego doy vueltas
bajo la calma interrumpida
de las voces ajenas y los pasos.
Entonces,
desde las grietas de las paredes
brota el susurro de la madera,
llenado la noche
de pequeños ruidos,
sombras y pasos

imaginarios.

Cántico de exilio

Patria,
dispersa y doliente,
eternamente amada.
Al partir miraba en tu frente
una corona de lunas y promesas,
lágrimas de memorias oscuras
y el espejismo de un mañana.
Tienes alma de mujer infinita,
esa que marcha valiente al camino
con los pies descalzos,
recorriendo una y otra vez
un sendero de incertidumbre.
¿Dónde están aquellos que dijeron amarte?
¿Dónde escondieron los ojos
para negar los sueños y las voces
de tus hijos dispersos?
¿Cuándo acabará por fin el tiempo de la zozobra?

¿Cuándo retornarán a tu regazo

las constelaciones,

la calidez de la lluvia,

los cantos y las danzas?

Peregrinos en la memoria

Del párpado al corazón
brota un tránsito en sepia,
algunos trazos,
aromas y sonidos.
Ahí desfilan aquellos que habitaron
o aquello que fue habitado,
en el océano austral de los inviernos.
Ahí convergen
lo perdido y lo encontrado
en una esquina del aire,
convocando la legión de espectros
sobre un hilo
que recuerda un camino
o tal vez una sombra,
ejercitada en el arcón de los entresueños.
A veces se adormece el cielo,
se liberan verbos

que brotan desde los rincones,

vagan como titanes desempolvados,

fantasmas revividos a medias,

navegantes del entresueño,

de remotos mares y constelaciones.

Así transcurren

cayendo lánguidos en las páginas grises,

de los diarios, los espejos,

las almas.

Germinación

Dos mundos colapsan,
fuerza del que prevalece,
diáspora de los códices.
Al final han callado
los cantos antiguos,
nuevos ritmos llegan,
heraldos metálicos,
escorpiones negros
que saltan
taladrando los sentidos.
La ocarina suena
en la noche
de la selva interior,
para conjurar la angustia,
apacigua las almas
que vagan sin rumbo.
Aleluyas y arabescos

en las leyes gentiles,
palabras que brotan,
sílabas de aire,
alfabeto de espejos
dictado de historias.
Somos anochecer
de ángeles menores.

Matiz de grises

Dolores hay que rompen
el corazón
por sus costados,
se hunden como agujas,
asedian,
dejan desierto el mundo,
el alma en desamparo,
rasgan la piel en jirones,
marchitan los pasos,
perforan las manos.
Entonces,
donde existieron los ojos
queda una estirpe oscura,
un brebaje nocturno
que se escurre por las grietas,
que atrapa el alma
por las alas.

Lluvia y regeneración

Me había olvidado de la lluvia,
hoy le abriré las puertas
cuando descienda,
dejaré que cubra
las arenas,
desde la piel hasta los sentidos
en el camino gris de la memoria,
llenando arterias y pulmones,
brotando canciones
sobre surcos de la tinta,
arando en el papel marchito.
Sediento,
aguardare la lluvia.

Lluvia

Cae la lluvia,

gélida y gris

como el azogue,

traza surcos en los cristales,

moja las sombras

de las lámparas,

las avenidas tumultuosas,

la majestad de las torres,

castiga el cuerpo inerte

de los mendigos,

muerde el óxido

de los metales,

ablanda un poco

el vientre anónimo

de las calles.

Fragmento de lluvia

Encuentro en esta lluvia antigua
la causa
de que los párpados pesen,
y los recuerdos,
apenas rocen las comisuras de los labios,
como vientos llamados al limbo.
Petroglifos silentes
que de vez en cuando estremecen
los techos oxidados de la vida.
Hay quienes
y los hay,
que eternamente persiguen
su sombra,
como perros en busca de su propia cola
hasta que la fatiga los arroja
de nuevo al camino,
y vuelven a la lluvia.

Prometeo

El fuego de la vida
habita en un país lejano
más allá de las luces boreales,
donde los elfos nórdicos
recitan sagas
en dialectos de las runas.
Los seres prodigiosos duermen
con una flama entre las manos.
Ahí llego el primer cantor
bajo la forma de un cuervo,
rasgando la confluencia
de los círculos concéntricos,
en cada cristal que hurtó
había palabras
- el orden cósmico estaba roto-
¨ Permite que despierten ¨
- dijeron los titanes y las furias –

¨ despierten los sueños ¨

- clamaron los guardianes y las hadas -.

Noctámbulo y orfebre

La mano cae en la página
tras las agujas del insomnio,
entresueño: pastor oscuro de las nubes
que busca trazos
para anclar visiones
al lenguaje del mundo.
Me imagino equilibrista
sobre un hilo de tinta
ante el vacío,
en tanto el verbo arroja
meteoros contra el cielo,
y rompe los sellos,
provocando,
una jauría de luciérnagas,
que van saltando entre las líneas
hacia el alma de la fragua.

La mirada del nómada

El polvo,

la arena,

la ceniza,

las sombras,

los óxidos:

son portentos que dibujan el paisaje

de las antiguas rutas,

donde existieron ciudades

llenas de explanadas,

donde se contaban historias,

donde el viento cargaba

cantos antiguos.

Ahora solo existe un tránsito de espejos,

vasijas rotas,

inscripciones borrosas,

adivinadas en las piedras,

monumentos,

altares

tragados por las selvas,

morada de los hielos,

las aguas,

los desiertos.

Orfebrería de la ceniza

Las fortalezas,

los senderos,

las piedras consagradas,

las estelas,

todo es nada.

La pasión más dulce,

el mayor de los odios,

el linaje antiguo,

el clamor de los guerreros,

los estandartes,

las predicas,

todo

en la ceniza del tiempo,

todo

es nada.

Serenidad

Bajo la lluvia

camino el sendero del ocaso,

es ahí

donde todo inicia,

donde todo termina.

Poesía existencialista, zen, oscura, intensa, y a la vez una constelación de mantras, cánticos que resultan valiosos para afrontar el camino de la existencia. Eso es lo que encontrará el lector en este libro.

La Mirada del Nómada es una obra construida desde una perspectiva existencial y humanista que explora el tránsito del ser humano por distintos territorios o circunstancias. En su propuesta la palabra se transforma como lienzo a la mirada. Se propone intentar la búsqueda poética del sentido y cauce de la vida, de la esencia de las cosas, de los fenómenos naturales o sociales, que se representan como un viaje por un camino en eterno cambio.

A pesar de su apariencia inmutable las ciudades y los parajes yermos también son nómadas en el cauce del tiempo. En ese tránsito desde el origen hacia el fin, la palabra transforma los paisajes, las emociones, los instintos, lo social, lo eterno, lo efímero hacia la experiencia ubicada más allá de la simple estética, propicia entonces para vivir el poema como un mantra.

Robinson Rodríguez Herrera realizó estudios formales en la Facultad de Letras de la Universidad de Costa Rica, donde tuvo de profesores a autores tales como Joaquín Gutiérrez, Fabian Dobles y Carlos Duverrán. También tuvo la oportunidad de asistir a conferencias y seminarios de autores tales como Pablo Antonio Cuadra, Juan Gelman y José León Sánchez. Participó en el año 2001 como invitado del Poeta Jesús Cos Causse, en el Festival Internacional de Caribe y el Fuego, auspiciado por la Casa del Caribe y la Dirección Provincial de Cultura de Santiago de Cuba. Participó y publicó trabajos en la Revista literaria Ruptures, de Quebec Montreal. En el año 1996 obtuvo el segundo lugar en Poesía, Juegos Laborales de la Seguridad Social. En el año 1998 obtuvo el primer lugar en Poesía, Juegos Laborales de la Seguridad Social. Fue ganador del concurso de Relato de la Revista Nacional de Cultura de la UNED en el año 2011. Aparte de la literatura, su tiempo libre lo dedica a practicar técnicas de meditación Zen que aprendió durante el tiempo que fue estudiante de postgrado en Sendai, Japón.

Contenido

Listado de obras publicadas

•Balada clandestina. Cuento. Faustino Desinach.

•Cuentos Reunidos de Costa Rica. Vol. I. Antología de cuento.

•Cuentos Reunidos de Costa Rica. Vol. II. Antología de cuento.

•Efectos personales. Novela. Faustino Desinach.

•El bulevar de los infieles. Poesía. Faustino Desinach.

•El callejón de la puñalada. Cuento. Faustino Desinach.

•El insaciable. Teatro. Faustino Desinach.

•La mirada del nómada. Poesía. Robinson Rodríguez.

•Perturbados. Novela. Faustino Desinach.

•Perversos. Novela. Faustino Desinach.

•Relatos de mujeres indígenas. Cuento. Adriana Herrera.

•Relatos salvajes. Cuento. Faustino Desinach.

•El aliento de Pandora. Cuento. Robinson Rodríguez.

•El Jardín de la Memoria. Cuento. Adriana Herrera.

•El imperio verde. Novela. Robinson Rodríguez.

•Gris y carmesí. Cuento. Robinson Rodríguez.

•Campamento siniestro. Cuento. Faustino Desinach.

Editorial Café Literario V.- faustinozoom@gmail.com (506)83886431.

www.ingramcontent.com/pod-product-compliance
Lightning Source LLC
LaVergne TN
LVHW050555160826
845677LV00011B/2316

* 9 7 8 9 9 3 0 9 6 1 0 1 8 *